Do lieg i ond träum

Schwäbische Gedichte

Texte von
Rosemarie Bauer und
Doris Oswald

Zeichnungen von
Rosemarie Bauer

Verlag Karl Knödler
Reutlingen

2. Auflage 1990

Printed in Germany 1990
Herstellung: Druckerei Harwalik KG, Reutlingen
ISBN 3-87421-148-7

Mir Menscha

S geit koi Rückgrat
des mir et vrbieget
ond koi Lauer
auf der mir et lieget.

S geit koin Sand,
wo koi Kopf drennaschteckt;
dr Mensch macht halt Fehler
solang s Herz ennem schlägt.

S geit aber ao Berg
vom Glaoba vrsetzt,
ond Brücka aus Fraindschaft
für's Herz, wenn's vrletzt.

A Soil übrem Abgrond
mit ma Netz ondadra,
daß mr den, wo leicht ausrutscht,
wieder auffanga ka'.

S geit Auga voll Sonn,
dia glitzred so froh
durch ennera Reichtum:
Dr Mensch ischt ao so.

An a Schuelfraindin

Emma Buach von dir
han i a Blüemle gfonda,
zwor leblos
ond a bißle blaß,
do hot mir zmol
mei Kendheit gwonka,
s war domols
en dr segsta oder siebta Klass.
Mir waret
segsadreißig Schüeler
bei onsrem Pfarrer
en dr Religio.
Em Erdgeschoß
do hot'r aus dr Bibl glesa,
ond mir send
ausem Onderricht drvo,
zom Fenschter naus
ond quer durch d Wiesa,
dort semmer gsessa
ond hent träumt,
hent manchs Gedicht
en d Wolka gschrieba
ond oft a Schuelschtond
so versäumt.

Mir send glücklich gwea
von Herza
ond obekemmret
obadrei,
drom lege
des klei Blüemle wieder
ganz sachte
en des Buach drenei.

April

Katza schprenget
onder's Dach.
Bäum schauklet wild em Wend.
Regatropfa
fallet schreeg
ond machet d Scheiba blend.
D Wetterfah'
ischt launisch heit,
se woiß et, was se will.
Flocka zwirblet
zwischanei.
So isch halt em April!

Bluma zaubret
Farbaschpiel
en's frisch ausgschlofne Gras.
Blüetaschträuß send
vor dr Düer
viel schöner als em Glas.
D Wolka hent
sich zmol vrdruckt
ond ao dr Wend schtoht schtill.
D Sonn hot gwonna
für a Schtond.
So isch halt em April!

D Sonn isch's Leaba

Dr Neabl omwicklet
mit Schleier da Berg.
Mr moint grad, do wäret
heit d Hexa am Werk
ond kochet a Süpple,
da Deckl hot's glupft;
Dr Berg mitem Däle
en d Wolka neischlupft.
Am Hemml entdeck i
a Briggele Blao
ond wianes so aguck,
vergrößred sich's schao.
D Schleier verziaget
ond d Sonn schpicked raus,
se legt mr en Teppich
voll Leaba oms Haus.
Ond zmol semmer d Sorga
vom Alldag ganz gleich.
I schpür jetzt dui Wärme
ond ben wieder reich.

A schpronghafts Glück

»Mogscht me Mädle?
Dr Vollmond guckt ronter.
Veigela ziehet
am Wiesarand nonter.
Komm Schätzle mr lieget
mittla drennei,
des ka' vorem Herrgott
koi groẞa Send sei.
Guck doch, heit däd
halt älles so bassa!
Könnscht me denn et
an de naschnuckla lassa?«

»Was? Du sechscht: Morga!
Du witt mi heit ed?
No frog i halt d Rosa,
ob dui mi ed wedd!«

Früehling

S rieacht heit so
nach frischer Erde.
Märzaschnee
sieht drecked aus.
Samtichwoiche Katzadaibla
schpicket aus de
Knoschpa raus.
Amsla butzed
s letzschte Dräckle
Wenterschtaub
aus ihrem Fräckle,
ond em frischrausgschlupfta Gras
brüetet scho
dr Oschterhas.

D Sonn legt sich
jetzt warm auf d Mauer.
Gartaweg
send wieder do.
Älle kahle Birkaäschtla
badet sich en
Hemmelblo.
Schwalba sieht mr
wieder bäschtla
Rieglwänd
an ihre Näschtla,
ond mit farbverschmierter Nas
lauret scho
dr Oschterhas.

I möcht d Zeit ahalta

Wenn d Sonn en's Fenschter
ghopset kommt,
no nemm i's Glück am Bentl.
I pack da Optimismus ei.
Dr Moi schlupft
aus dr Wendl.
D Luscht hanget mr am Wanderschuah
ond d Fraid duer i
en Rucksack nei.
Mei Freiheitsdrang läßt mir koi Ruah,
denn s Abenteuer
ladet ei.
Ach könnt's doch emmer
bloß so sei, so denke,
ond gang übern Schteag.
Am lieabschta genge,
wenne könnt
jetzt meira Zukunft ausem Weag.

I ka's nemme lao

D Naacht leit samtwoich
aufem Flieder.
D Schternla zwenkret
glänzig ra.
D Sehnsucht kribbled
en de Glieder.
D Katz schleicht leis
zom Kater na.

I schnapp d Turnhos
ond mei Leible,
meine Rennschuah
mit Profil,
weil i an deam Moiaobed
bloß em Wald
romroifla will.

S Waldwiesle

»Oh Mädle, mei Mädle,
i mog de so arg!
Oh rieach doch,
heit duftet d Zyrengga
so schtark.
Magengga ond Moila
blühet en Massa.
Komm, laß me a bißle
dei Händle afassa.
Kascht mr vrzeiha,
wenn's en mr so brodlet,
wenn's en meim Ennra
dieaf drenna so jodlet?

I gang zo deim Vadder
ond no froge gschwend,
ob i sei Waldwies
et abkaufa könnt?«

Dr Schtiftzah'

Wenne veschpre, benne glücklich,
beiß vom Wecka ond vor Wurscht,
trenk drzua so hin ond wieder
ao a Gläsle für da Durscht.

Bloß do neulich, des war et schee',
beiße wieder gierig ra,
kau mit boide volle Backa
guck mein Wecka dankbar a'.

Siehne do, s ischt zom Verschrecka,
i schrei laut en meiner Not:
»Des ischt schlemm, die donders Bäcka
bachet Schtiftzäh' no en's Brot.

Langets et, daß mr oft Mausdreck,
Hoor ond Benslborschta fend,
was dia flenke Doigologa (Teigologen)
doch für allmachts Schlamper send!«

Do auf oimol schpüeres zucka,
i merk glei, s ischt ebbes faul,
schick mei Zong zom Auskondschafta
d Zäh' entlang, rengsromm em Maul.

Glei hot se dui Zahluck gfonda,
schlänglet sich gekonnt drennei,
ond no fonket's mir en's Hirn nauf:
Heidigs Blech, descht jo dr meï.

I schpreng schnell zom Kutteroimer,
lupf da Deckl, such mein Zah',
packen en a Daschadüechle
ond ruaf glei beim Zaharzt a'.

Jeda Nacht da gleicha Danz

»Goscht mit mr en's Bett?
Du schlofscht jo gao ei!
Do hanne dei Hemed!
Schlupf endlich drennei!
Scho wieder halb zwölfa
ond du bleibscht bloß sitza.
Du schlofscht morga aus,
i derf wieder schwitza.
Du witt et?
No schalt i dir d Heizong
jetzt aus,
ond no flieagt der Fernseher
en's Rosabeet naus.«

A beesa Nochberschaft

I wag's schier et laut zom sa'
gang i en mein Garta na,
will nach meine Rettich seha,
send dia nemme drenna gwea.
Aus meim Beetle führt a Schpur,
nomm zom Nochber grad wia Schnur.
Schpicke häling zonem nomm,
putzt der Rettich wia et domm.
Do hot's mir schier d Schproch vrschlaga.
Benne zahm? Packen am Kraga?
Hauen glei em Viereck romm?
Oder drehe wieder om?
Heidigs Blechle aber ao!
Hanne Muet? Wia sagems gao.
Der müeßt sich jo z'tot scheniera.
Ka' ma oin denn so blamiera?
I will doch en Frieda wohna!
Mir ischt heit scho Angscht om d Bohna,
Brokela ond gelbe Rüba. . .
Der schtiehlt älles, der do hüba!

I schwör heit scho Schtoi ond Boi,
nägscht Johr send do Pflaschterschtoi.

Der derf sich jo et verwischa lassa

»Oh Jeram! Oh Jeram!
Was mache denn bloß?
Mei Gebiß ischt verschwonda!
Des benne jetzt los!
Zerscht hot me's bloß druckt
ond ischt mr et gschtanda,
jetzt drom i's gwehnt ben,
jetzt kommt mr's abhanda.
Wenn i oin verwisch
mit meine Zeh' en seim Maul,
deam reißes no raus
do benne et faul!

Der kommt mr grad gschliffa!
Vorem Zahnarzt sich drucka
ond auf ander Leuts Koschta
guet beißa ond schlucka.«

A selberbaschtlets Glück

Heit schenk i mir wieder
a Freifahrtbillett
ond schteig ausem Alldag gschwend aus.
I selber, bleib sitza
em Sessl dahoim
ond schick bloß d Gedanka vors Haus.
Do brauch i koi Flugzeug,
koi Schiff ond koin Zug;
mei Schteuermann hoißt Fantasie.
So reis i ganz billig,
erleb was mir gfällt,
als Fahrgascht sitzt s Glück wisawie.
Ond kommet d Gedanka
ganz z'frieda ond froh
vom seelischa soildanza zrück,
no woiße, i leischte
mir wieder amol
so a gschponnena Traumreis ens Glück.

Dr Schroi ausem Wandschrank
(Das Drama eines Gasablesers)

S feget dr Schturm heit
wia Wilder om's Haus,
er sauset ond brauset
auf Deifl komm raus.

Er schpielt auf de Läda
da Tango dr Nacht,
er schlupft en's Kamee nei
ond heilet em Schacht.

A Ascht kratzt wia Fenger
ond klopft an dr Scheib.
A Gänsehaut schleicht mr
wia Raup übern Leib.

I lieg en meim Bett drenn
ond komm et zur Ruah,
auf dr Behne goht's wia
beim Hexaball zua.

Do schreits doch um Hilfe,
mi treibts ausem Bett,
des ischt jo dr Gasma'
do mach i a Wett.

I werd doch heit morga,
oh laß me no gao,
dea Kerle em Wandschrank
et eigschlossa hao!

Do mueße glei gucka,
mog's komma wia's will,
dia Schroi wend hyschterisch,
se klenget ganz schrill.

Drom schlepp i mi d Schtiag nauf,
am Glender entlang,
mei Gwissa sait: vorwärts,
mei Angscht flüschtret: »Gang.«

Jetzt schtande vor'm Wandschrank,
schlag schnell no a Kreiz,
schließ vorsichtig d Düer auf,
schrei muetig: »Was geit's?«

Do schtoht doch leibhaftig
dr Gasma' vor mir,
er packt me am Kraga
ond schreit wie a Schtier:

«Des kanen fei saga,
mi schperrt koiner ei!
Mei Gsondheit ischt gliefret!
I lieg'en jetzt nei.

Jetzt könnet se blecha,
des oine ischt gwieß,
scho seit heita morga,
sitz i em Verließ.

Sia mache jetzt fertig!
Sia zeige glei a'!
I gang jetzt zom Dokter,
no kommet se dra!«

Früehr hot ma' no gsagt:

»Druckt di amol a Sorgalascht
ond wärscht du gern alloi,
no wandrescht naus en Dannawald
ond setzschde auf en Schtoi.

No guckscht dia Dannariesa a',
dia ao viel Narba hend,
dia schtandet oineweag no do
ond trotzed jedem Wend.

No horchscht a bißle en de nei
ond no genießscht dui Ruah,
ond durch da schtilla, donkla Wald
kommt Hoffnung auf di zua.«

Ond heit:
»Wenn's Dannaschterba weitergoht
dr Tod em Wipfl wiegt,
ond wenn em letzschta Blätterboom
sei Lebenssaft versiegt.

Wo gohscht no na, wenn's manchmol dir
oms Herz wird bang ond schwer?
Sag, wia sieht no dei Zukunft aus?
Wo nemmscht no d Hoffnung her?«

Se rüttlet an dr Schöpfungsgschicht

Dr Herrgott ruaft: »I brauch mei Ruah!
Komm Gabriel, mach d Düer schnell zua.
Mei Hemmlreich goht bald ge flöta,
dia dronta schieaßet mit Raketa.
Se treibet mr's allmählich z'bont,
jetzt schtehlet se scho d Schtoi vom Mond.
Drom han zor Sicherheit i jetzt
da Mann vom Mond auf d Venus gsetzt.
Ond denk dr no, so a Malär,
se schtellet d Kendla, künschtlich her.
Selbscht d Gene send'en nemme hailich,
für mi ischt dees grad et erfrailich.
A Schprichwort kommt mr jetzt en Senn,
do will s Oi gscheiter sei wia d Henn.
Vergoht oim do et d Luscht zom Scherza?
Verpflanzet dia auf oimol d Herza.
Will i oin rauf en Hemml hola
dent dia no d Lebensuhr ompola.
Probiera dent se ond schtudiera
an ällem müeßt se rommontiera.
Verseuchet Wald, Meer, Luft und See
ond machet mr no d Schöpfung he.
Vergiftet mr mei schöna Wohnung,
i brauch doch zom Regiera Schonung,
denn wenn erscht i mol nemme ka',
send dia da dronta übl dra.
I ka' des älles kaum me fassa!
So derfes nemme wurschtla lassa.

Was mache denn, oh Gabriel?
I mog se halt, bei meiner Seel.
I ka' da Schtab et übers brecha.
Doch jetzt mueß i a Machtwort schprecha.
Do, nemm mei Fernrohr ond guck nonter,
no schnappt dir ao volls Zäpfle ronter.
Dia liefred voll mei schöna Erde.
I sag koi zwoits Mol meh': »Es Werde!«

I träum

Vom Frieda zwischa de Völker.
Von dr Lieabe onder de Menscha.
Von gsonde, grüne Wälder.
Vonra reina Luft
ond saubrem Wasser.
Vonra glücklicha Zukunft
für onsere Kender.

I träum,
daß mei Traum
koi Traum ischt.

Katz ond Hond

Miau:
»I, s Mohrle vo Metzinga,
meld mi zu Wort!
Tierfänger lauret
ond schloifet ons fort.
Des gilt für älle Katza
ond Hond,
denn dia, wo ons fanget,
dia hent ihren Grond.
Se schperred ons ei
als Mittl zom Zweck.
Sitzscht erscht en dr Fall drenn,
no kommscht nemme weg.
Drom hent koi Vertraua
ond ganget mit koim,
denn wianer ao bettlet
koi Weag führt meh' hoim.«

Wau:
»I, Bello vo Rieadrich
will ao ebbes saga,
drom hör i gschwend auf
am Knocha zom naga.
Als Katz, do kascht schprenga,
do hopsescht no weg.
Doch liegscht an dr Leine,
no hoscht halt da Dreck.

Drom hoffe, mei Fraule
bend mi nergeds a',
wo jeder Schlawiner
mi wegschteahla ka'.
Ao i lieg dahoim
viel lieaber em Haus,
als henter de Gitter
do kommscht nemme raus.

En de Versuchsaschtalta

Se sitzed ond wartet
auf da Tod
als Nommer
für d Menscha.

Se bettled mit ihrem
treua, ahänglicha Blick
om Gnade ond Verschtändnis
bei de Menscha.

Doch se werdet gholt,
ois nochem andra,
zom ploga,
oft bloß wega ma Scheeheitsmittele,
vo de Menscha. . .

für d Menscha!!

Vielleicht drehem da Kraga romm

Mei Leaba hot en Trauerrand,
mir fehlt dr Sonnaschei,
ond d Wolka schtroifet fascht em Sand,
i han koi Hoffnung mei.

Mei Papagei schreit »Gisela«,
mei Ehefrau hoißt Ruth.
Jetzt hot der ghorcht am Telefo!
Mei Ehe ischt kaputt!
Der Donder hält da Schnabl et
ond schreit en oira Tour:
»Bis nochher lieaba Gisela,
rechts vo dr Bah'hofsuhr.«

Mei Leaba hot en Trauerrand,
mir fehlt dr Sonnaschei,
ond d Wolka schtroifet fascht em Sand,
i han koi Hoffnung mei.

Gisela
Gisela Gisela
Gisela
Gisela Gisela
AXEL

A Sommerdägle –

wia ausem Bilderbuach gschnitta.
Knallroter Klatschmohn
ond weiße Margritta.
Koi Wölkle am Hemml.
D Sonn herrscht heit alloi.
Se danzt auf de Schtroßa
ond hopst über d Schtoi.
Legt hoiß sich auf d Dächer,
rutscht Birkaäscht nonter
ond blenzlet durch d Zweig
en mei Hängematt ronter.
Do liege ond träum
trenk s Glück en me nei
ond pack mir dia Schtonda
zom Adenka ei.

Des Briggele Erde,
des dausche mit koim.
Om nix auf dr Welt –
drhoim, isch drhoim.

No hot's gfonket

Wenn dr a Gänsehaut rieslet
bis en d Hoorwurzla nauf
ond s Kribbla em Körper
hört gar nemme auf,
wenn de a Lähmung
bis en d Zeha na packt
ond s Bluet ausem Kopf
en d Füeß nonter sackt.
Wenn de schtottrescht
ond ao dei Hirn nemme denkt,
no hot sich dei Herz
an a anders naghenkt.

Glei macht ma' sich wieder z'mausig

Wenne so dolieg
todkrank en meim Bett,
no denke, wenne no
viel anders gmacht hett.
Kaum schtrecke en Zeha
zom Bettlädle naus,
glei sieht älles Graue
viel rosiger aus.

Ha dees wär jo glacht,
i ändre mi nia.
Fehler hent de andre,
dia machet bloß dia.
Jetzt brauch i vom Dokter
koin Krankheitsbefond,
denn jetzt woiß i selber,
i ben wieder gsond.

Wia du mir, so i dir

D Send wohnt jetzt
em Nochberhaus.
Se guckt äll Dag
zom Fenschter raus.
I breng mein Ma',
des ischt a Schreck,
vom vordra Fenschter
nemme weg.
I kanen beinoh
nemme halta
ond ben seit neuschtem
bloß no d Alta.
Er macht verdächtig
jetzt auf jong,
sitzt scho am Schtart
zom Seitaschprong.
Do frog i mi:
»Was solle do?
Schempfe, goht'r
mr drvo.
Schweige, glaubt'r
i sei domm,
äuglet weiter
schtur do nomm.
S gibt bloß ois,
descht Zah' om Zah'.
I fang a Techtel-
Mechtel a'.

I mach jetzt s henter
Fenschter auf
ond laß em Schicksal
voll sein Lauf.
I dreh da Besaschtiehl
jetzt romm,
ond blenzle
zo meim Nochber nomm.«

Wieder amol alloi

Auf mei bißle Sälichkeit
isch a Rauhreif gfalla.
I ben ganga ohne Wort,
ohne Düeraknalla.
En deine Auga hanne gseha,
i ben nemme drenna gwea.

Einsam schtoht a Aschter.
D Angscht schteigt ausem Pflaschter.

Aufem Trimmpfad

Laufa – schnaufa!
Et z'schnell afanga,
sonscht langets
am Schluß nemme.

Laufa – schnaufa!
Nix schwätza,
descht onötiger
Energieverluscht.

Laufa – schnaufa!
Bei de Freiübunga
kascht de
zwischanei erhola.

Schnaufa – laufa!
Da Puls messa,
daß dr nix
passiert.

Schnaufa – schnaufa!
No et nochlao,
bis de nemme
kascht.

Schnappa – schnappa!
Nadierlich:
de Gscheide
höret vorher auf.

Ao em Schtaub ka's fonkla

Wenn's Leaba di
durch d Mangl dreht,
ond s Schicksal di
vom Sockl weht,
wenn deine Dag,
bloß Träna send,
ond d Hoffnung schier
koi Netz me' schpennt,
wenn de voll ganz
am Boda leischt,
koin Pfifferling
auf Bessrung geischt,
dei Lebenssonn
fangt a zom donkla. . .
merkscht, manchmol
ka's em Schtaub
ao fonkla.

I wensch dr zom Geburtsdag hait:

A Gugg
randvool mit Sälichkait.
En Blüataboom
zom dronterliega
ond Flügl
zom en d Wolka fliega.
Gsondheit
amma langa Fada,
en Kübl Hoffnung
zom drenn bada.
Zwoi weitausgschtreckte
Ärm voll Fraid,
a Quentle Bodaschtändichkait
ond viel, viel Lieabe,
diaf wia a See,
des wensch i dir
ond no viel meh'.

43jähriger Junggeselle vom Lande
sucht nette Partnerin zwischen
30 und 40 Jahren.
Zuschrift unter Chiffre Nr. 13
Wochenblatt, Reutlingen

Lieaber Herr vom Wochablatt –

send Sia no frei?
I nehm Sia glatt,
denn i brauch dringendscht
jetzt en Ma', daß i Kendla
krieaga ka'.
Mei Fraindin hot scho dreimol zwei,
dui hol i nia em Leaba ei'.
Em Juli werd i fenfadreißich.
I ben ehrlich,
arm, doch fleißich.
Han viel Schwiela
an de Händ, dia et vom Nixdo
komma send.
De Scheest ben i grad et em Däle
drfür han i a guata Säle.
I han a dreifachs Dopplkee,
des gib e zua, des ischt et schee.
I hoff, Sia sehet besser aus,
des wär et schlecht,
no gleicht sich's aus.
I ben beschtimmt koi Fledrawisch,
koi Lompadock, ao halbwegs frisch.

Ben ao et oine, dui ihrm Ma'
s ganz Geld nausputzt
für Bassleda.

I hoff, mir zwoi, mir kommet zema,
no kanen glei da Pfifis nehma.
No isch's vorbei mit Schwittisiera,
en dr Gegend romflaniera.
Bei mir geit's koine Firlefanza,
wer schaffa mueß, ka' et ge schwanza.
Selbschtverschtändlich han i ao
a hohes Bildungsniveau.*
Sia verschtandet mi doch, gell,
wenn i meine Aschprüch schtell?
Mi macht des Schreiba ganz schallui,
i fiebre zmol, bis na en d Knui,
mei Körper fangt scho a zom Glüha,
i frai mi halt so arg auf Sia.
Auf onser schtondalangs Geschmuse,
Kuß im voraus

Ihre Suse

P.S. Bitte schreibetse recht bald,
denn heitzudag wird ma schnell alt.

*) sprechen wie geschrieben

Sehr geehrtes Frailein Suse –

Sia dauget nix für a Geschmuse,
Sia send a donderschlächtigs Lueder,
do bleibe glei bei meiner Mueder.
Wiane Ihrn Brieaf so überfloga,
hot sich mei Heiratsluscht verzoga.
Sia weddet oin zom Kenderkrieaga,
zom zahla ond für Ihr Vergnüega.
Ja Frailein, send Sia et ganz bacha,
en sora Zeit no Kendla macha!
Wo doch koi Baimle meh' gedeiht,
daß ao no soviel Dommheit geit!
I wär für Sia bloß d Kuah zom Melka
ond dürft an ihrer Seit verwelka.

Ihr Dopplkee, des hoiß i fett,
ond dreifach glei, ischt et adrett.
Do mueß i meiner Haut mi wehra,
Sia könnt i edamol ernähra.
I ben no lang koi Hoddwolee
ond schteck em Geld et bis an d Zeh'.
Heit schafft ma doch bloß
no für d Schteura.
Do vergoht oims Feschtla feira.
Dr Schtaat macht edamol a End,
wemmer voll em Hemed send.

Sia wellet mi bloß schufta lao,
koi bißle Luse sott i hao,
damit i jo gwiß bald verschleiß
ond vor dr Zeit ens Gras nei beiß.
I han en hoha Quozienda,
do müeßetze en Dömmra fenda.
Sia locket mi et mit Geschmuse.
Aus ons wird nix, mein Frailein Suse.

P.S.
Des willen saga, grad zom Bossa.
I han no nia so d Freiheit gnossa,
ond hoff, daß i Sia nergeds treff.
Ade für emmer

Anton F.

L wia Lächla

A Herz am Baum
neigschnitta aus Überzeugung.
Dr Buachschtabe L, wia Lieabe,
ischt mit de Johr
dopplet so groß gwagsa.
I han glaubt
’s goht et
ohne Di.
Du bischt ganga.
I han’s überleabt.
Bloß dr Buachschtabe L
erinnret mi an:

L wia Lieabe
L wia Leida
L wia Lebenserfahrung
L wia Lächla.

L

A tTrauricha Bilanz

A Frau loihnt am Fenschter
ond guckt traurich naus,
ihr Gmüet sieht so grau wia
der Regadag aus.
Ihr Ma' sitzt em Sessl
wia a abgschriebes Blei.
Durchs Zemmer schwebt lautlos
des Wörtle »Vorbei«.
Zom Düeraschlitz druckt sich
no d Traurichkeit rei,
se broitet sich aus,
leit en's Sofaeck nei.
S Schweiga schtoht schtur
wia a Soldat en dr Kammer.
Bloß d Angscht vor'm Alloisei
hälts zema wia Klammer.
Zmol hört mr d Frau seufza,
ihr Schtemm ischt wia Glas:

»Zwoiadreißg Johr!
I frog me, für was . . .

Sommergwitter

D Wolka ballet sich am Hemml,
do kommt glei a Wetter rei,
s feagt a lompafitzigs Wendle
wahllos über älles nei.

Danna gautschet nom zom Nochber,
d Büsch verzottlets wia et gscheit,
d Heck macht vorem Haus en Bückling,
daße schier am Boda leit.

Zaghaft klopfet erschte Tropfa
leis an d Fenschterscheiba na,
ond no schüttets wia mit Kübl,
daß 's koi Rohr verschlucka ka.

Blitz ond Donner gent sich d Händ jetzt,
s Wetter hauset en dr Schtadt,
d Dola könnet's kaum verschnappa,
send zom überlaufa satt.

Ondarauf kommt zmol a Helle,
plötzlich geit dr Hemml Ruah,
a baar kecke Sonnaschtrahla
drehet d Wasserhähna zua.

Ond a Reagaboga spannt
Farbabänder über's Land.

Dr Pfennigfuxer

Dialog zwischem dem Ehepaar
Ruth ond Hans Hämmerle

Mann: »Ruth, i gang heit auf da Schrottplatz,
richt mr schnell en Krädda na.
I mueß gao, so lang's no Dag ischt,
daße lang gnuag schtiera ka'.
Woischt, dr Jong hot bald Geburtsdag,
der sott ao a Auto hao,
ond i kanen doch et äwel
mit da meim romfahra lao.
Schpara mueß mr, nix wia schpara,
des hot emmer sich rentiert.
Guck, i han doch ao mei Mäxle
Doil om Doile zemagschtiert.«

Frau: »Hans, laß mr dei Hos et hanga,
i han zwoi en d Lompa dao
ond schtatt deine Sonntichschüahla
dädes Gommischtiefl ao.
Lupf et schwer, du woischt jo selber,
daß dei Kreuz ao nemme s bescht,
ond paß auf, wenn de no hoimgoscht,
daß de nix drhenda lescht.«

(2 Stunden später)

Frau: »Was? Du kommscht scho?
Schla mes Blechle!
Hot sich's denn heit et rentiert?
Jetzt hoscht doch dein reachta Kittl
ganz mit Karrasalb verschmiert!

Do ka' ebbes nemme schtemma,
du hängscht s Gsicht an Boda na.
Zeig mr, was de älles gfonda,
i komm mit an's Auto ra.«

Mann: »Du kascht ruhich hobableiba,
denn mei Auto, des ischt weg.
Drussa aufem Schrottgelände
knuilet d Achsa no em Dreck.
D Räder fehlet, s ganz Gehäuse,
selbscht dr roschtich Auspuff ao.
Frog et, wiane do mein Ärger
übern Schrottplatz gschriea hao.«

Frau: »Du muescht doch vo älle Goischter,
vom Verschtand verlassa sei.
Mr schtellt doch et s reachte Auto
onder d Schrottplatzkärra nei!
Des kommt vo deim Pfennigfuxa
ond deim naimolgscheita Hirn!
Was demir jetzt ohne Auto?
Lang dr zerscht amol an d Schtirn!
Ond da Urlaub en Venedig,
dea schreibscht no glei ens Kamee.
Jetzt ka ma dahoimda bleiba
ond mueß z Fueß an Baggersee.«

Vorem erschta Hahnaschroi

Dr Dag fällt overdorba
aus de Wolka.
D Nacht schleicht
über's Gras drvo.
S Schicksal sitzt em Baum
ond würflet,
hält da Becher
so ond so.
D Hoffnung broitet
rosa Düecher
wia jeda Dag
auf's neue aus.
D Lieabe setzt
ganz zarte Pflänzla
zom pflega
vor a jedes Haus.
Bloß am Zau,
do loihnet oiner
vor sich
d Sanduhr auf ma Schtoi.
Wen'r auswählt,
des woiß koiner,
des woiß halt
bloß er alloi.

»Dui kascht doch et nemma –

ha Bua, guck doch na!
Ha Bua, an dem Mädle
do ischt doch nix dra!
Wo kommt se denn raus?
Ond was brengt se mit?
Isch se alloi?
Oder send se zo dritt?
Was ischt denn ihr Vadder?
Hent se a Haus?
Oder gucked dr Schmalhans
zom Dachschparra naus?

Bua mach mr koi Gsiicht na!
I will koi Geschnadder!
Überleg dr's fei guet. . .
Sei et so domm, wia dei Vadder!«

S Troschtpflaschter

S regnet ond regnet
ond hört nemme auf.
Jetzt hot's a Loch gfonda!
Jetzt nemmt's voll sein Lauf!
Dr Sonntich em Oimer!
Was mache denn jetzt?
Zom Oglück hot mi no
mei Fraindin versetzt.
Drom gang i en Keller
ond hol mir en Moscht,
des ischt bei dem Trüebsal
mei oiziger Troscht.
No schalltes gaudigschte
Schallblättle ei
ond kipp den ganza
Moscht en me nei.

Ihr könnet mr's glauba,
oder ao et . . .
i han no da schönschta
Sonnaschei ghett.

Dr Amoisahaufa

Heit ben i en's Gras neiglega,
mittla en d Vergißmeinnicht.
I han denkt, do bleibe liega,
bis mi's zmol am Buckl schticht.

Wia i no do henda scherre,
fangt's ao onda z beißet a
ond no kitzlet's mi an Schtella,
wo i et mol kratza ka.

Hos ond Kittl reiß i ronder,
schtand em Hemmed auf dr Wies,
kratz ond reib, 's ischt zom Vrschrecka,
Donnerwetter, so a Gschieß.

I ben übersät mit Beula,
fang a z'hopsed voller Schmerz,
jo, i woiß, ao für dia Tierla,
ischt des älles gar koi Scherz.

En dr Ferne höres pflätschra.
Gott sei Dank, do ischt a Bach!
Schnell bahn i en Weag durch d Wiesa,
ondrem Arm mei bißle Sach.

Schtand en's Wasser, bau en Gomba,
leg voll älles von mr ab.
Denk drbei: »Ihr kleine Lomba,
machet endlich amol schlapp.«

Plötzlich schtoht vor mir dr Feldschütz,
schreit: »S ischt guet, daß mr sia kennt.
Sia went gschtroft, des ischt fei sicher,
weil sia's Gras vrdapped hent.«

Neuhausen/Erms ist seit 1971 ein Ortsteil von Metzingen. Es war 661 Jahre fast ganz im Besitz des Klosters Zwiefalten.

D Nuihäuser
(A gueter Fang)

En Nuihausa wohnet
fleißige Baura,
do dät aufem Sofa
koiner versaura.
Mr hot'en als Taufgschenk,
des ischt fei belegt,
d Schaffichkeit glei mit
en d Wieag eineglegt.
Drom wuahlet ond krubbet
ond boahred se rom,
ond koim schtenkt sei Arbet
ond koim wird se z'domm.
Se loihnet bei Naacht bloß
an d Bettlada na,
daß jeder wenn's daget
glei loslega ka'.
Vom Sofa aus gucket
dia Metzinger nauf
ond sehet, dia Nuihäuser
hent ebbes drauf.
No denket dia Metzinger
schlau wia se send,
s ischt guet, daß mr d Nuihäuser
eigmoindet hent.

Dees ka' ao en d Hosa gao
(wahre Begebenheit)

Lieaber Georg, secht sei Muedder
i mueß schnell no oimetz na,
bleib drhoim, heit kommt dr Schrainer,
daßen ebber reilao ka'.

Doch baß auf ond schlieaß fei s Haus ab,
laß mr koin Hausierer rei,
onser Schmuck ond onser Geldkass,
khet für dea a Fressa sei.

D Muedder goht, dr Georg frait sich,
s Haus ischt leer, des ischt halt schee.
D Sonn omschmoichled jeda Dachplatt
ond dr Wend bezirzt s Kamee.

Plötzlich läutet's an dr Hausdüer
ond a Fraind schreit: »Georg, komm!
Drüba aufem nuia Bolzplatz
kicka mr a bißle romm.«

Ond dr Georg denkt, dia Düera
ond am Schrank des heene Eck,
sieht dr Schrainer Wurschter selber,
wenn da Schlüssl i verschteck.

Deshalb schreibt'r mit ma Bleischtift
aufen Fetza leers Papier,
hengt dean Schrieb, daß man ka' lesa,
an da Griff vo'r Wohnhausdüer . . .

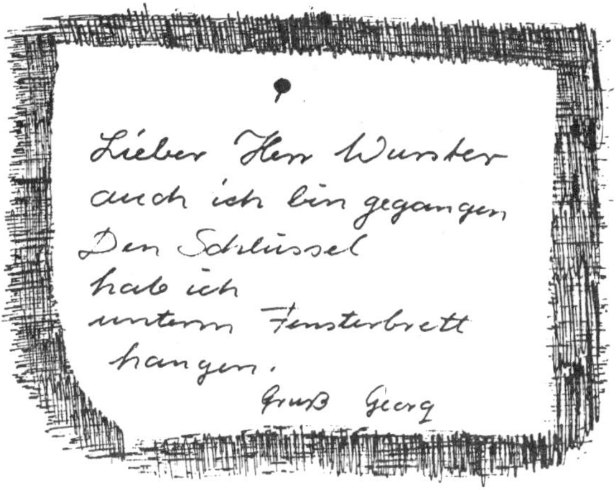

Vor der Hausdüer denkt dr Schreiner,
so a Bledsenn aber ao,
der domm Lausbua mueß doch wissa,
des ka' ao end Hosa gao.

Omsonscht gschaffet

Wenn d Hahnafüeß en de
Wiesa drenn schtandet
ond d Löwenzahnfallschirm
em Nochberbeet landet,
no gibt's do em Ländle
koin oiziga Baura,
der et afangt zom Wergla,
ond auf's Wagstum zom laura.
Langet dr Dag jetzt
zom Schaffa et aus,
fährt ma bei Naacht halt
auf's Äckerle naus,
ond no ka's bassiera,
des hot mr erfahra,
s Schicksal mög jeden
bloß davor bewahra –
mr broidet bei Naacht schnell
en Karra vool Mischt
ond hot aus Verseha
s falsch Schtückle verwischt.

Ihr könnet's fei glauba
des ischt grad so gwea
ond ischt erscht do neulich
en Nuihausa gscheah.

Dr oizich Wonsch

D Sehnsucht ischt
a beeser Schmerz.
Se druckt ond schticht
ond plogt mei Herz.
Mit Kedda schniert
se älles ei,
nix lenkt me ab
ond frait me mei.
I breng dea Wonsch
oifach et los . . .

Jetzt Schbätzla en'ra
guata Soß.

Dr discogschädigte Frosch

Wenn dr eitle Mond
wia emmer,
s Schpieglbild
en Deich neihengt;
ond dr Obedwend
mit Säusla,
s Binsafeld
zom Danza brengt,
wenn mit blaue
Samthandschüehla
d Nacht em Dag,
schtreicht übers Kee,
hopset zmol
dr grüne Heinrich
naß ond glitschich
ausem See.
Heit goht's Froschkonzert
en d Binsa
quakter ond sei
Blick wird schtompf
jetzt hört mr
dia Discogriller
aus dr Schtadt
scho do am Sompf.
Do derfscht et
mit Sinn
für Wohlklang

ond Musik
gebora sei
denkt'r ond daucht
voll Entrüschtung
dopplet dieaf
ens Wasser nei.

Mittla en dr Naacht

Was duescht denn am Küehlschrank?
Du wirscht doch nix essa,
du sottescht mol wieder
dein Bauchomfang messa.
Du bischt jo oi Wargl,
aus ällem platzscht naus
ond siehscht jetzt afanga
wia s Moschtfäßle aus.
Horch zua, was i sag,
komm wieder en's Bett.
Mog mi a bißle,
no schwendet dei Fett.

Äpflmueß ond Pfannakuacha –

ißt dr Opa bsonders gern.
Pfannakuacha aus zeah' Oier.
D Äpfl kocht ond ohne Kern
treibt mr durch, duets en a Schüssl,
würzt's mit Zucker ond mit Zemt.
Nemmt a Maul vool aufma Löffl,
guckt, ob ao s Aroma schtemmt.
Do sieht ma da Opa schlecka,
s ischt a Fraid wia's ehm jetzt schmeckt.
Doch auf oimol han i plötzlich
s Fett an seine Händ entdeckt.
I hol schnell en nassa Lomba,
sag: »Putz d Fenger do dra ab.«
Doch dr Opa schreit: »Was witt denn,
laß me gao, schwätz doch koin Babb!
Des ischt gsond, des mach i emmer.
Pfannakuachafett ischt guet,
des geit Gschmeidigkeit en d Fenger
narr do zirkuliert mei Bluet –
ond drzua, des goht no drei,
schmier i's Treppaglender ei.«

Oh i Allmachtsfeigling

Jetzt isch amol wieder soweit.
I sitz em Schtuehl.
S ischt jo a netter Zaharzt,
doch vo henda siehnen gerner.
Er nemmt sei Sach gnao.
Zählt Zah om Zah ab
ond macht seine Hägla.
Obe Beschwerda hett?
»Noi!« han i gsagt,
obwohl mir mei ennera Schtemm
zuagflüschtret hot:
»Du Allmachtsfeigling,
de woißscht doch,
daß ällaweil brodlet
onder dera alta Zahfüllung
em hendra Backazah.«
»Sei schtill«,
hanne mei Gwissa beruhigt.
I han jo da Fachma vor mr
ond wenn der nix fend,
ischt des jo et mei Sach,
»I ben z'frieda«,
hot'r nochma Weile gsagt
ond sei Schnüffelei aufgeh.
Er hot mr no da Zahschtoi weggmacht
ond no benne ganga.
Grad isch mr's no wieder
donderschlächtig
en mein Zah neigfahra.

Verschiedene Asichta

Anna zor Emma:

»Schö' braucht'r et sei.
Geld mueß'r hao.
Wenn er ebbes ischt,
no bischt du des ao.
Wenn d'en et mogscht,
nemmscht häling en andra.
Du mueßscht jo et glei
bei älle romflandra.
Kommt'r drhenter,
no packscht halt dei Sach,
no sackescht sei Geld ei
ond no wegslescht s Dach.«

Emma zor Anna:

»Was nützt mr sei Titl,
i pfeif ao auf's Geld,
wenn i oin drhoim han,
der wo mir et gfällt.
I brauch oin zom möga,
i möcht oin zor Fraid!
Zo dem will i halta
em Glück ond em Leid.
I han meine Grondsätz,
do benne wia Schtoi,
zo dem wo i »jo« sag,
dem ghör i alloi.«

Dr Ausschteiger

I will wieder schnaufa,
i brauch wieder Luft
ond reiß meine Kedda jetzt weg!
I setz meine Segl,
i hängs en da Wend
ond schmeiß meine Pflichta en Dreck!

I will wieder träuma,
i hongre noch Glück
ond lieg jetzt em Leba zor Lascht!
I brech älle Brücka,
i han et viel Zeit
ond leih mir vom Schicksal a Rascht!

Oiseitiga Lieabe

Wenn i en me neihorch,
no könnt i grad heula.
I han en meim Herza
viel o'gschrieb'ne Zeila,
ond zigdaused Sacha
dia sott i dir saga,
se drucket wia Kedda,
send kaum meh' zom traga.
Doch –
i schpür halt,
dei Lieabe zo mir,
ischt et groß
ond wenne me ausschprich,
no benne de los.

Fallgeschichte

Ed auffalla
sich älles gfalla lassa
Wohlgefalla.

Auffalla
mißfalla
zor Lascht falla.

En Ognade falla
aus älle Wolka falla
sich falla lassa.

Gfalla.

Lieabs Kend –

Dei Lebensdüer
ischt erscht a Schpalt broit
offa.
Dei Wissenspflänzle
ischt a kleiner Keim.
Dei Zukunft
ischt a Traum, a Luftgebilde
ond liegt no fern
em Nirgendwodaheim.
Ond trotzdem
schtohscht du mitta drenn
em Leba
du trägscht dein Hemml
dieaf en dir versenkt.
Denn i han lang
bevor i di gebora
a Schtückle Hemml
dir als Talisman
scho gschenkt.
Paß guet drauf auf
er goht so leicht verlora.
Halt'en dir fescht,
no wird dei Leba schee'.
No lebt a Fenkle vo mir
en dir weiter,
wenn schpäter i mol
nemme bei dir be'.

Wenn se schlofet, gent'se Ruah

S kleine Schtädtle
liegt em Donkl.
Gschlossa ischt jetzt
Düer ond Dor.
Hie' ond do
druckt a Gemonkl
leis sich hentrem
Lada vor.
D Nacht hüllt en ihrn
weita Mantl
Glück ond Sorga
wahllos ei,
ond dr Herrgott
guckt vom Hemml
en a jeda
Bettlad nei.
Ond 'r secht
ganz leis zom Petrus:
»I sennier
ond fend koi End.
I denk oft,
ob meine Kender
mir et doch
vergrota send.
Seit dem Sendafall
en Eda
han i däglich,
rond om d Uhr,

siehsch jo selber,
guck doch abe,
nix als laufend
Kuglfuhr.«

»Carpe Diem«, nutz dei Zeit

Zeit verblembret
Zeit verbutzt
Zeit verschlofa
Zeit et gnutzt
Zeit verbaßt
ond Zeit versaimt
Zeit verjublet
Zeit vertraimt
Zeit verschenkt
ond Zeit verdo
d Zeit lauft no
dr Zeit drvo.

Dei Zeit, mei Zeit,
onser Zeit,
Zeit et bis en Ewichkeit,
denn aufoimol guckt mr domm,
ischt des bißle Zeit scho romm.

Sei Herzenswonsch

Dr Opa, en seim Sessl drenn,
senniert so vor sich na,
neunz'g Jährla hot'r henter sich,
des sieht ehm koiner a.

Er woiß halt et, wia's weiter goht,
er hot a bißle Angscht,
drom schwätzt'r an da Herrgott na:
»Daß de et z'viel verlangscht.

I ben bis jetzt no fleißig gwea,
han älles selber do,
doch en dr letschta Zeit, i merks,
lauft mr halt d Kraft drvo.

Wenn du mi en dein Hemml holscht,
bitt i di, Herr, mach schnell,
damit se et em Krankahaus
an d Schläuch mi henget, gell!

Woischt, schterba wett i halt dahoim,
am lieabschta en meim Bett.
Des wär mei ällergröschter Wonsch,
om den de bitta wett.

I bleib ao no a Weile do,
jetzt mach's halt, wia de denkscht,
denn i ben bloß am Deigsl dra,
ond du, mei Herrgott, lenkscht.«

Dr Wohret wird dr Schtachel zoga

Wenn dr Mond auf seim Schpaziergang
d Kugl übern Kirchturm lenkt
ond mei Tante Josefine
emmer no ihrn Lomba schwenkt,
schleicht mei Onkl heimlich d Schtiag na,
nemmt sei Schtöckle ond da Huet,
goht ens Wirtshaus hentrem Rathaus
mit ma Kribbla en seim Bluet.
Sitzt an Schtammtisch, bschtellt a Waile
ond senniert ens Gläsle nei,
drenna mueß, des ischt fei wichtig,
a guets Hofschteigtröpfle sei.

Denn emma Gläsle Schwobawai
verflieaßet d Sorga aufem Grond.
Dr Wohred wird dr Schtachel zoga,
ond d Seel ischt für a Weile gsond.

Wenn dr Wirt längscht vo seim Bett träumt,
leert mei Onkl s siebte Glas,
schtatt de Auga hot'r Schlitzla,
rot ond glänzich ischt sei Nas.
Seine Ronzla send jetzt büglet
ond dr Schalk hocktem em Gnick,
schwerelos send seine Glieder,
ganz verschwomma wird sei Blick.
D Josefine, dr alt Putznarr
mit ihrm überzwercha Fell,
mitem Lomba en dr Schurzdasch
ischtem zmol a Bagatell.

Denn emma Gläsle Schwobawai
verflieaßet d Sorga aufem Grond.
Dr Wohred wird dr Schtachel zoga,
ond d Seel ischt für a Weile gsond.

D Binsaweisheit

S ischt
a alta
Binsaweisheit,
daß mr
aus lauter
Weisheit
ao leicht
en d Binsa
ganga ka'.

Bloß oimol no –

durch d Wiesa laufa
ond nach ma Reaga
d Luft eischnaufa.
Da alta Weag
an Bach naganga
ond en sei
friedlichs Wasser langa.
Em Wald an onser
Buach naloihna
»ond i sei nomol
zwanzich« moina.
An d Schmetterling
en Grueß nabenda
ond nom zo dir
an's Fenschter senda.

Doch ois, i schpüer,
s goht nemme lang.
I krebsle übern
letzschta Hang.
Weil d Schmerza vo mr
doch am End
schier nemme
auszomhalta send.

Dr Abschied liegt em Wiesagras

Dr Sommer hot sei Gluat verbraucht
ond fällt em Herbscht en Arm.
Der wickleden en Neabl ei;
ao d Sonn lacht nemme warm.

A Schpatz sitzt aufem Kirschaboom
ond pfeift: »Es war einmal . . .«
Dr Berg hot jetzt a Eiskapp auf
ond Rauhreif wägst em Dal.

Dr Abschied liegt em Wiesagras
ond Wehmuet en dr Luft.
A kalter Hauch »Vergänglichkeit«
verschtrömt sein herba Duft.

Wer jetzt no barfuaß laufa will,
der ischt lang hendadra,
dr Wenter macht sich auf da Weag
er hot scho d Schtiefl a'.

Jetzt ka' mer's nemme kitta

Grad eba bischt ganga,
bischt naus zo dr Düer.
D Wärme nemmscht mit dr
ond Kälte loscht mir.
I möcht de no heba,
schtreck d Hand nach dr aus.
Mei Hals ischt wia zuagschniert,
koi Wort brenge raus.
Wenn d Lieabe verlischt,
no hot mr nix mei,
als Schatta om d Lippa,
dia grabet sich ei.

A bißle sendiga ischt schee

(Dialog zwischen dem Lehrer Kurt Bleile
und seinem Freund, dem Pfarrer
Hannes Schnäbele)

Lehrer: Prosit Freund, komm schtoß mr a',
sitz a Weile zo mr na.
Hosche gmacht dei Sonntichpredigt
ond dei Sach für heit erledigt?
Komm, genieß en gueta Schluck!
Gib deim Herz amol en Ruck!

Pfarrer: Schenk mr halt a Tröpfle ai
vo' deim gueta, alta Wai'.
Für mei Predigt brauchscht et sorga,
dui wird fertig no bis morga
ond dr Herrgott mag's vergeh',
sendiga ischt halt so schee.

Lehrer Gell, mei Waile des ischt guet,
so a Tröpfle goht ens Bluet.
I gang gern nomol en Keller,
jedes Fläschle leert sich schneller,
wenn mr ao mitnander lallet,
d Fescht muescht feira, wia se fallet.

Pfarrer: Guck ao naus, do dagets schao.
Lieaber Gott, jetzt mueße gao.
I derf d Predigt et bloß schtammla,
do hoißt's wieder Seela sammla.
Wölf en jedem Wenkl hocket,
dia mr d Schof vom Pferch weglocket.

Lehrer: So witt's packa, witt jetzt gao?
Du kascht jo schier nemme schtaoh!
Wia witt du dei Haus no fenda?
Wirscht doch et em Kandl enda!
Du muescht Schtieag nauf,
des ischt wichtig,
paßt dr Schlüssl, no bischt richtig.

(Am Sonntagmorgen nach der Predigt)

Pfarrer: So, bischt komma, des ischt reacht.
Gell, mei Predigt war et schleacht?
I hans Gfühl, heit hot se zonda
ond da Weag en d Herza gfonda.
Mancher heit mei Kirch verloht,
dem a gueta Saat aufgoht.

Lehrer: So a Elend aber ao!
Heidigs Blech, was hoscht du dao.
Als dei Freund will dr's verrota,
dir ischt d Predigt bees vergrota.
Wia kascht du, ja sag mr ao,
Mose d Erms nafahra lao?

Markus drei, hoscht ao verletzt,
d Jenger auf da Weiberg gsetzt.
Elias hoscht, du bischt jo narret,
vom Keltraplatz en Hemml karret
ond s Schlemmschte, des vergeß i nia,
du hoscht schtatt Amen »Prosit«
gschria.

Des glaubscht doch ao

Wenn
de von nix
nix woischt,
bischt emmer
no besser dra',
als wemmer
de en's Paradies
gucka läßt
ond dr d Düer
vor dr Nas
zuaschlägt.

Zwoi Geldleut en dr Reutlinger Gartaschau

»Gell Karle, de schönschte Alaga send halt doch d Kapitalalaga.

Irgend oi Talent hot jeder

Koi Los
beklaga tatalos.
Laß dei Talent
auf Tata los!
Leg deine Händ
et faul en d Schoß,
no daurets et lang,
no bischt groß.

D Seelafänger

Se hent:
En offene Herza
a falscha Saat gsät,
ond wenn dr Keim aufgoht,
no isch's meischtens z'schpät.

Se hent:
Henter dr Maske
en schäbiga Blick,
trotz Süeßholzgeraschpel,
d Falschheit em Gnick.
Für jedes ond älles
a Schprüchle parat.
Dr pur Egoismus
isch's Schprongbrett zor Tat.

Se hent:
En offene Herza
a falscha Saat gsät,
ond wenn dr Keim aufgoht,
no isch's meischtens z'schpät.

Mei Haus braucht a Dach

Koi Geld für en Nagl,
koi Muskl am Arm.
Koi Dachplatt am Giebl,
koi Ofa geit warm.
Dr Sommer goht omme,
dr Herbscht druckt scho rai.
Meim Rheuma em Fueß nach,
geit's heier bald Schnai.

»Oh Vadder em Hemml,
guck auf me ronder.
I bitt de om älles,
dur doch a Wonder.
Komm hole doch Danda,
dui mueß doch so leida,
no keet i schnell erba
ond d Schulda beschtreida.
Oh Vadder em Hemml,
i ben doch so schwach.
Segs Kender verlottret
ond s Haus braucht a Dach.«

Koi Geld für en Nagl,
koi Muskl am Arm.
Koi Dachplatt am Giebl,
koi Ofa geit warm . . .

Ischt dees et wohr?

Mit ma fröhlicha Deifl
kascht de em Leaba
wia em Hemml fühla.

Neba ma kalta Engl,
d Höll auf Erda han.

Heidigsblechle

Daß dr Mensch
ao emmer
Schtolperschtoi
aufschtella mueß
ond des kleine Schtückle
Erdaweag
et mit me’ Lieabe
pflaschtra ka’.
Des sottescht
et für möglich halta.

A Pantofflheld

»Oh Herrgott, wenn i amol
komm zo dr nauf,
no reißscht mr dei Hemmlsdüer
wagaweit auf.
I will dei gedreieschter
Erzengl sei . . .
Doch oi Bitte hanne:
mei Weib loscht et rei'.«

D Schublädleslieabe

I han mit meim Mädle
da Früehling durchschwebt,
en Teppich voll Lieabe
ond Hoffnunga gwebt.
Dr Herrgott hot's wella,
ihr Flämmle verlischt,
koi Weg führt da ronter,
von do wo se ischt.

Jetzt zieag i dahoim
halt mei Schublädle auf
ond leg ihr Bild vor mi na.
I laß meim Gefühl
ond dr Sehnsucht da Lauf
ond hemmle se schtondalang a.

S Leaba goht weiter,
nix brengt mr meh' Glück.
Koi Bittla ond Bettla
brengt d Lieabe mir zrück,
daß Dag gibt wo schee' send,
des merk i jetzt kaum,
mi druckt halt's Alloisei,
i flücht en mein Traum.

I zieag halt mol wieder
mei Schublädle auf
ond leg ihr Bild vor mi na.
I laß meim Gefühl
ond dr Sehnsucht da Lauf
ond hemmle se schtondalang a.

Jetzt ben i em Alter,
ben grau ond alloi,
ond's Leaba, des druckt mi
so schwer wia a Schtoi.
Wenn's schtill wird ond donklet,
om's Herz wird mr's kalt,
no sag i, lieabs Mädle:
»Jetzt komm i no bald.«

No zieage zom letzschta Mol
s Schublädle auf
ond leg ihr Bild vor mi na.
I laß meim Gefühl
ond dr Sehnsucht da Lauf
ond hemmle se schtondalang a.

Fudderneid

»Grüeß Gott Herr Dokter,
verschrecketse et!
Des Gebiß auf meim Nachtdisch,
des ghört mir fei et.
Dia Zäh' en dem Glas,
dia ghöret meim Ma',
dia bewache daß'r mir nix meh'
wegessa ka'.«

Ma ka' sich an älles gwöhna

Se ischt dogsessa
oifach so dogsessa
am Fenschter
an dr Scheib.
I han zwoimol gucka müeßa
weil ihr Zeit
eigentlich em November
scho lang vorbei gwea wär.
Wär se em Sommer dogsessa
oifach so dogsessa
am Fenschter
an dr Scheib
no hätte se mit ma Schtaubtüechle
nausgschüttlet.
Aber em November,
ischt des wia a Wonder gwea.
Jeda Mittag hannra en Tropfa Honig
auf d Scheib tupft
ond des Dierle
hot's Rüssele neighenkt
ond älles aufgsupft.
Zwoi Monat isch se dogsessa
oifach so dogsessa
am Fenschter
an dr Scheib.
Wia no d Sonn
scho wieder a bißle
schtärker worda ischt,

isch se zmol doglega
oifach so doglega
aufem Semsa
am Fenschter
vor dr Scheib.

Ond i hannra sogar
a bißle nachtraured
dera Wefzg.

Auf de Bänkla leit bald Schnee

An de Socka
fallet d Mascha,
ond durch d Hosa
pfeift dr Wend,
han en Kittl,
bei deam Dascha
vool mit Sommer-
freuda send.
Ond dr Wenter
schtoht am Schtadtrand,
d Kälte schtreicht jetzt
durch d Allee,
Reifa glitzred
an de Gräser,
auf de Bänkla
leit bald Schnee.
Jetzt sott i a
Hoimet fenda,
wo i wiißt, do
ghöre na
ond a Plätzle
amma Ofa,
wo i d Füeß aus-
schtrecka ka'.

Ende November

Dr Dag goht wieder bald ens Bett
ond d Schatta werdet lang.
Dr Neabl zaubret s Schtädtle weg
ond d Kälte krieacht vom Hang.

De letzschte Bluma huddret na
se bucklet vorem Wend
ond d Blätter wenked wia zom Grueß,
wenn se em Falla send.

A müeder, schwacher Sonnaschtrahl
druckt sich em Garta rom.
Er will mit ällerletzschter Kraft
ans Schtubafenschter nom.

Zmol schtapft bei Nacht, a kalter Ma',
quer über d Wiesa nai
ond woner goht ond schtoht do leit,
nochher a Fleckle Schnai.

D Bohnakern

Mei Leibgericht send Bohnakern.
Dia eß i für mei Leaba gern.
Se ploget mi zwor nochher arg
ond s Gremma fährt mr bis en's Mark.
Doch des ka' mit et arg gnuag schrecka.
I züchte Bohna an de Schtecka.
Wenn dr Herbscht no kommt en's Ländle,
über d Schtoppla weht a Wendle,
no zieage d Schtecka wieder raus,
ond trockne d Bohna, drenn em Haus.
Send no dia Schala dürr zom Knella
ond brechetse an älle Schtella,
no laifz're d Kern aus, guck was geit,
denn jetzt isch wieder an dr Zeit.
Wenn am Hemml d Dracha schwänzlet
an dr Schnur em Wend romdänzlet . . .

no ißt jeder Schwob halt gern,
Soitawüerscht ond Bohnakern.

S Ehedrama
(Dur jo fei koin Schnaufer)

Komm i vo dr Wirtschaft
ond freu mi auf's Bett,
no schreit scho mei Eva:
»Kurt, sei doch so nett,
laß s Liacht aus!
Dur d Schuah ra!
Mach bloß fei koin Krach!
Gang jo et
an Küehlschrank,
sonst dure wia Drach'!
Lieg naus auf
da Sofa!
Sei bitte so nett!
Du jo fei
koin Schnaufer . . .

dr Hond schloft em Bett!«

Lieder zur Nacht

Do beißt koi Maus en Fada a'

Flocka zwirblet wild vom Hemml,
lieget frech auf d Schtroßa na.
Se bedecket jeden Buckl,
daß mr schliddafahra ka'.
D Kender fraiet sich wia domm,
bloß dr Opa bruddlet romm.
Zieagt da Kraga über d Ohra,
sitzt am Ofa wia verlora.
D Kälte kaner et vertraga,
zo de Jonge hört ma'n saga:
»Draußa sieht scho älles weiß.
Mi ploget wieder s Reißmatheis.
I wensch dea Wenter weit aweg
'r brengt bloß Kranket, Matsch ond Dreck.
Ond feura mueß mr wia et gscheit,
daß jo a riesa Rechnung geit.
I glaub i laß jetzt älles schtracka
ond werd heit no mein Koffer packa.
No hao i ab nach Afrika . . .

Do beißt koi Maus
en Fada a'«

Weiße Weihnachta

S Bächle hot en weißa Kraga.
D Bäum traget a schwera Lascht.
Jedes Zweigle ischt a Wonder,
Flogga dänzlet ohne Rascht.

Kender hent, wia daused Lichtla,
Weihnachtsglanz
auf ihre Gsichtla,
ond vom Wäldle hentrem Haus
kommt verschneit dr Nikolaus.

Bald scho fonklet, so wia Kerza,
Weihnachtsfraid
en viele Herza,
ond a jedes, groß ond klei,
möcht zom andra fraindlich sei.

D Glocka läutet vo de Kircha.
D Schtroßa send fascht menschaleer.
Der wo jetzt koi Herz hot gfonda,
trägt heit am Alloisei schwer.

Wieder isch amol soweit . . .
»Oh du gnadareicha Zeit!«

An de Kerza blenzlet Flämmla
warm ond heilich, farbafroh,
ond an Dannazweigla hanget
gelbe Schtern aus Haberschtroh.

S Jaga vorher, s Jaga nochher
läßt mr jetzt gschwend außer acht
ond genießt für a baar Schtonda
heit de heilich Christtagsnacht.

D Herza werdet wieder woicher,
mr schpannt Brücka weit ond breit.
Hell hört mr durch d Scheiba glenga:
»Fraie dich, oh Chrischtenheit.«

Zfrieda ischt jetzt ao dr Pfarrer,
seine Benk send nemme leer,
er erzählt vom Jesuskendle
ond dr wondersamma Mär.

Vo de Hirta mitem Engl
ond vom Schtall vo Bethlehem.
Nocher duet mr guate Tata,
dia wo's ganz Johr obequem.

Doch wenn d Gans vrschluckt ond d Guetsla
ao fascht älle gessa send,
krieacht scho d Hektik aus de Ritza
ond vrtreibt bald s Jesuskend.

D Menschlichkeit kommt en de Schachtla
mit de Schtern auf d Behne nauf.
S alte Johr nemmt Huet ond Mantl.
S neue reißt jetzt d Düera auf.

D Herza werdet wieder härter,
d Brücka bricht mr langsam ab,
ond dui Jagerei vo vorher
hält oin wieder fescht en Trapp.

A guets Nuis Ällerseits

Ao mir Dierla hent a Gfühl
(Trilogie)

S pfeift ond s knellt
ond s klepft ond s zischt.
S regnet Fonka
ond s verlischt
I grieag Angscht,
i reiß no aus,
bellt dr Hofhond
aus seim Haus.
Was dia Menscha
wieder dent,
i moi grad,
dr Hemml brennt.
So a Bledsenn
aber ao,
s Geld für nix
en d Luft nauflao.
Was dät des
für Boiner ge' . . .

Ganze Schocha!
Dees wär schee!

Ao de Mäus
ihr Muedder keift:
»Heidigs,
wia dr Wend heit pfeift,
bäsed rom
en älle Ritza,
nergeds ka' mr
gemüetlich sitza.
Ond dr Vadder
ischt em Freia,
s wirdem doch et
s Loch verschneia!
Langsam fange
a zom Banga,
z'letzschta hoten
d Katz gao gfanga.
Do fäng's nuie
Johr guet a'.
Dreizeah Mäuler
ond koin Ma'.«

»Kender, pfeift
dr Vadder Schpatz:
Nehmet aufem
Äschtle Platz.
Höret, wase
sage will,
haltet d Schnäbl
ond send schtill.
Jetzt isch Wenter,
Eis ond Schnee,
send für Schpatza
gar et schee!
D Körner gfrora,
s Fuadder knapp,
Jonge, machet
bloß et schlapp.
Denket an da
Sonnaschei,
bald wird's wieder
wärmer sei.
Achtet jo
auf jeda Gfahr . . .

So, des wärs!
A guets nuis Jahr!«

Inhalt

Im Verlag Karl Knödler sind u. a. noch erschienen:

Rosemarie Bauer/Doris Oswald
Klärle, ons lauft d Zeit drvo
Fred Boger
Aus em Ländle
M. Bosch/J. Haidle
Schwäbische Sprichwörter und Redensarten
Fritz Joachim Brückl
Peterle vo dr Pfaffaschtub
Franz Georg Brustgi
A rechter Schwob wird nie ganz zahm
Eine kurze Spanne Zeit
Heiteres Schwabenbrevier
Klang der Stunde
Kleines Schwäbisches Wörterbuch
Lichter spiegeln im Fluß
Uf Schwäbisch gsait
Schnurren um Franz Napoleon
So send se, dia Schwoba
Zu sein ein Schwabe ist auch eine Gabe
Kurt Dobler
Fürs Herz ond Gmüat
Onder ons gsait
Norbert Feinäugle
Kleines Reutlinger Lesebuch
Harald Fischer
No so drhärgschwädsd
Drondernai
Lore Fischer
Von Adam ond Eva bis zu de Schwoba
Dr. Frosch
An schimmernden Gewässern
Auf spätem Pfad
Reutlingen aus der Frosch-Perspektive
Wolkenlücken
Traumbilder
Bruno Gern
Des laß dr gsait sei
Sonnaschei und Reaga
Sonnawirbel
Erwin Haas
Ällaweil gradraus
Wohl bekomm's
Uf da Zah' gfiehld
Württemberg, oh deine Herren!
Karl Häfner
Heimatsprache
Mier Schwobe wearnt mit vierzge gscheit
Vom schwäbischen Dorf um die Jahrhundertwende
Vom Vierzger a' / Alte Leut
Georg Holzwarth
Denk dr no
Ernst Kammerer
So isch no au wieder
Karl Keller
Poetisches Hausbüchlein für Schwaben
Otto Keller
Sacha ond Sächla
Schnitz ond Zwetschga
's End vom Liedle
Lore Kindler
D'r Spätzlesschwob
Matthias Koch
Kohlraisle
Wilhelm König
A Gosch wia a Schwert
Dees ond sell *(auch mit Schallplatte)*
Du schwäddsch raus *(mit Schallplatte)*
Hond ond Kadds
König/Lehr
Mol schwäbisch – mol badisch
Kurrle/Marx-Bleil
Froge därf mer
Gell, do guckscht!
Alfred Leucht
Württemberg vor 500 Jahren
Hedwig Lohß
Aus meim Schwalbanescht
Eugen Lutz
Mei' Wortschatz
Manfred Mai
So weit kommts no
Marianne Menzel
Kätherles Schternschtonda
's Kätherle läßt d'Katz aus em Sack
Bernd Merkle
Au no dees
Drhoim rom
So semmer hald
Helmut Pfisterer
Weltsprache Schwäbisch
Rösle Reck
Älles ischt menschlich
Marie Richter-Dannenhauer
A bonter Strauß Vergißmeinnicht
Ilse Rieger
Oder it?
Sebastian Sailer
Schriften im schwäbischen Dialekte
Adolf Schaich
Jetz isch letz
Hilde Schill
Moosrösle
s' Schatzkämmerle
Heinz-Eugen Schramm
. . . Er kann mich hinden lekhen
Kaum zu glauben . . .
Magscht mi?
Maultasche
Wia mr's nemmt
Tübinger Gogen-Witze
Karl Setz
Dodeldum
Lina Stöhr
Grad zum Possa!
Hoimetkläng
Wendelin Überzwerch
Erzähltes und Geschütteltes
Uff guat schwäbisch
Sprache des Herzens
Werner Veidt
Heiter fällt das Blatt vom Baum
I möcht amol wieder a Lausbua sei
Mr schlotzt sich so durchs Ländle
Oh Anna Scheufele
(Alle 3 Ausgaben auch in Kassette)
Friedrich E. Vogt
Bsonders süffige Tröpfla
En sich nei'horcha
Schwabenfibel
Schwäbisch auf deutsch
Schwäbisch mit Schuß
Schwäbische Spätlese in Versen
Täätschzeit
Winfried Wagner
Berno
Bloß guad, daß i an Schwob ben
Humor auf Schwäbisch
Ons Schwoba muaß ma oifach möga
Schwäbische Gschichta
Mai lieaber Fraind!
Mir Schwoba send hald ao bloß Menscha
Rudolf Weit
Grad so isch
Net luck lao
No net hudla
Ois oms ander
Willrecht Wöllhaf
. . . was mir grad en Strompf kommt
Heinz Zeller
De ei'gspritzt Supp

In allen Bändchen findet der Leser und Vortragskünstler humorvolle, bodenständige und »bodagscheite« Gedichte, Witze, Anekdoten und Prosatexte zum eigenen Vergnügen und zum Vortragen in fröhlichen Kreisen.